U0584704

什么是生活？

[法]劳伦斯·萨隆 / 著

[法]吉勒·拉帕波尔 / 绘

余 轶 / 译

河北科学技术出版社

· 石家庄 ·

生活就是

先来个深呼吸。

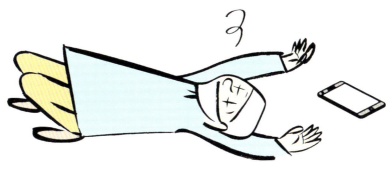

尤其是对爸爸而言!

生活就是

剪断脐带。

现在就得剪吗？！

生活就是

尿裤子啰！

呃……实际上，不止是自己的裤子。

生活就是

每天长大一点点。

没问题，但能不能不喝汤？

生活就是

皮肤被海水
洗得咸咸的，
又被太阳照得暖暖的……

而我就这样躺在妈妈的怀里，懒洋洋的。

生活就是

相信圣诞老人
真的存在……

生活就是

发现自己并非唯一，
发现并非想要的
就能得到……

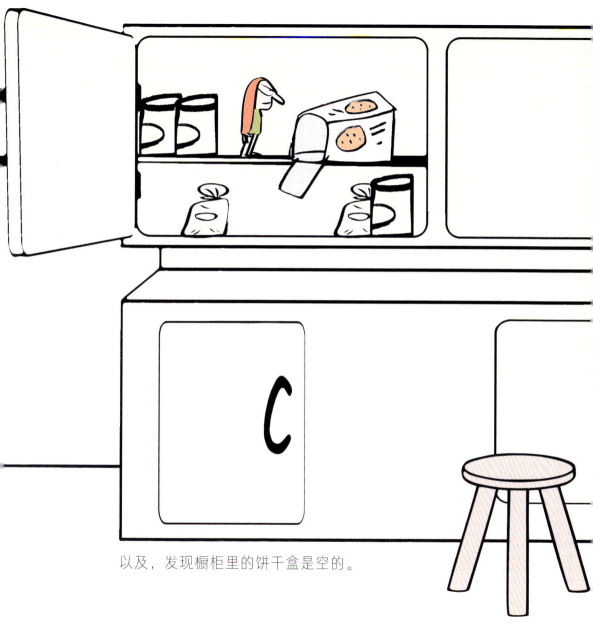

以及，发现橱柜里的饼干盒是空的。

生活就是

不逃避！

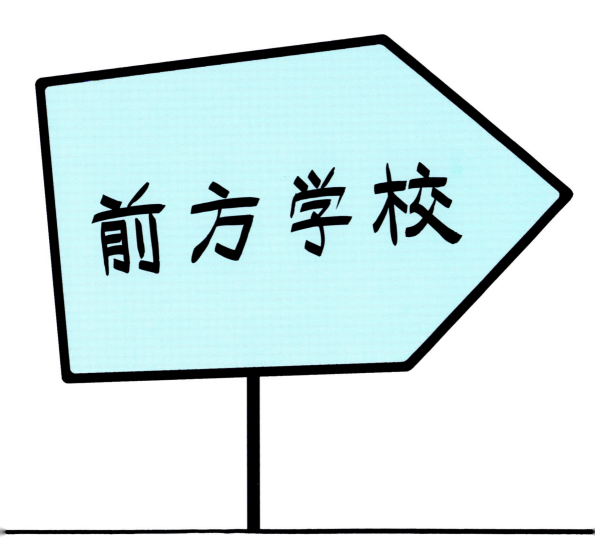

前方学校

勇往直前。

生活就是

数一数
弟弟餐盘里的
炸薯条，
确保
不比自己的多。

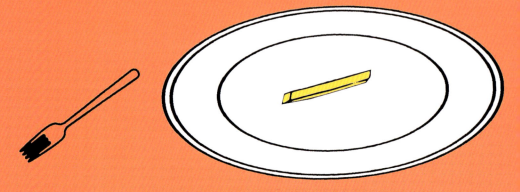

生活就得会盘算!

生活就是

在冬季，

尝一尝雪花的清凉滋味……

生活就是

和
奶奶一起
喝香槟酒，
尽管爸爸
不同意。

只喝一小滴，
就只喝一小滴，
真的只是一小滴而已……

生活就是

扯开嗓门

放声高歌！

当然，如果能用中等音量唱会更好……

生活就是

莫名其妙地开心。

并且总是这样！

生活就是

除了喜欢

妈妈、

布娃娃、巧克力、

炸薯条以外，

还喜欢着另一个人。

生活就是拥有真爱!

生活就是

假装毛绒玩具

也会说话、

唱歌、

大喊大叫！

和唱歌跑调的爸爸一起玩
这个游戏，效果最好！

生活就是

爸爸加妈妈，
或者爷爷加奶奶，
也可能是姥姥加姥爷。

那一只猫加一只猫呢？

喵呜？

生活就是

有时候会放屁，打嗝，
挠屁股，抠鼻子。

因为这样做舒服极了！

生活就是
妈妈为我洗头，
梳头，
甚至剪头发。

生活就是

爸爸和妈妈
陪我们一起疯、
一起闹！

再来一次!

生活就是

伤心时

痛哭一场。

但不要哭太久……

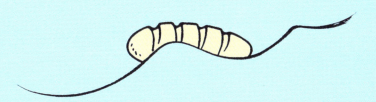

生活就是

自己吓自己，
自己鼓励自己，
自己战胜自己。
如果失败，
那就重新再来！

生活就是

第一次

独自骑自行车。

生活就是
超级无聊！

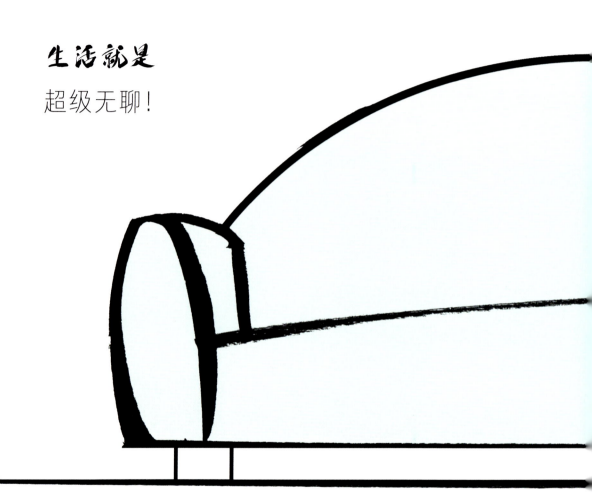

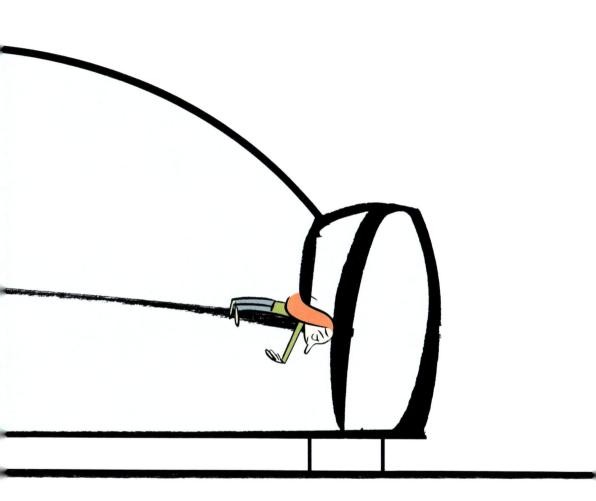

如果没有小猫陪伴的话……

生活就是

拥有一个想象
中的朋友……

这个朋友还会喵喵叫？！

生活就是

展示自我!

获得存在感!

为自己赢取一席之地!

尤其是对于那些个头小还近视眼的人而言。

生活就是

保持抬头挺胸，

目光向前！

生活就是堂堂正正地做人……

生活就是

知道7乘8
等于56。

还知道如何区分“的地得”“主谓宾”。

生活就是

轻松随意，
开怀大笑。

但是，课堂除外，
没意见吧？

生活就是

畅所欲言!

但是，粗鄙的话还是别说了吧！

生活就是

捉弄妹妹以后，
那一份暗自开心。

生活就是

争吵……

又和好。

生活就是

争吵，
和好，
再争吵，
再和好……

哪怕对方是自己的亲哥哥！

生活就是

意识到自己的妹妹
像猫头鹰一样
聪明可爱。

没错，是真的很像。

生活就是

经常

做鬼脸。

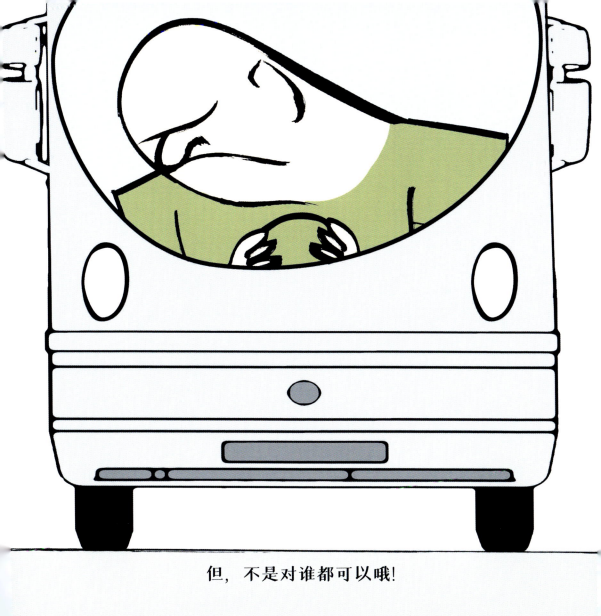

但，不是对谁都可以哦!

生活就是

为了好玩
而胡说八道
……

生活就是

挠一挠新结的痂，
甚至还忍不住
尝了一点点……

生活就是

开始探索

自己的身体

······

生活就是

开始做

自己喜欢做的事。

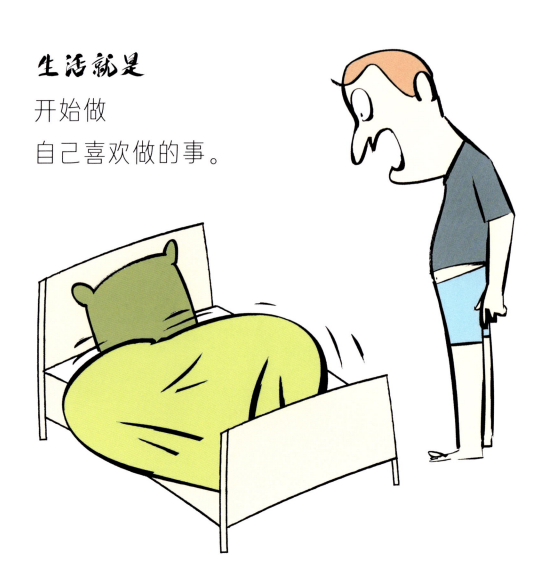

但是，
只能藏在被子底下做……

生活就是

做一件
被禁止
做的事情！

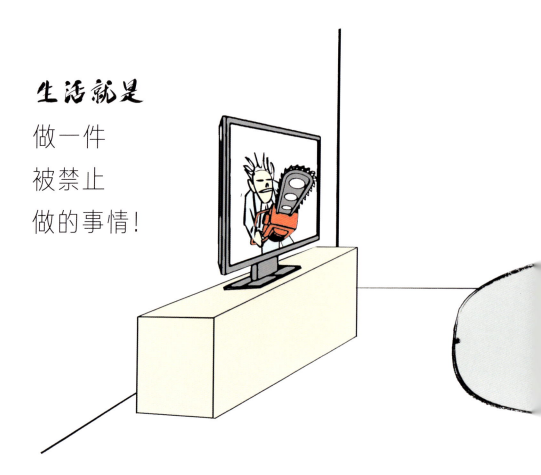

不是说好了吗，
只能藏在被子底下做。

生活就是

拥抱自由!

但是，"自由"首先从
收拾好自己的房间开始……

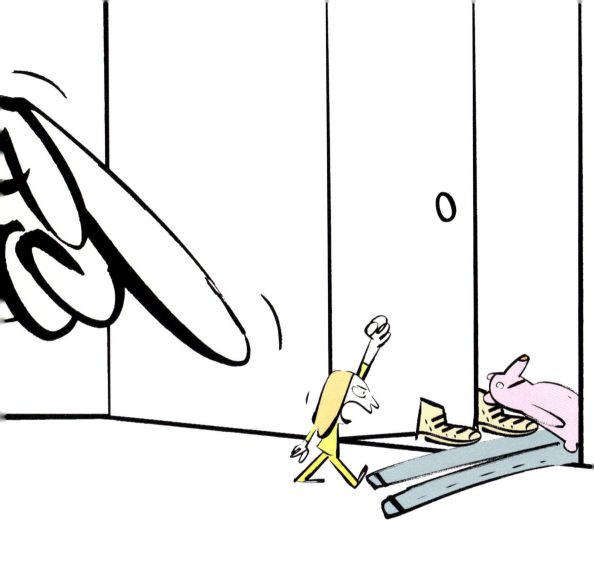

生活就是
一场战斗！

敌人是那些比我们稍微小一点、
弱一点的可恶家伙……

生活就是

做一些
不妥当的事。

什么叫做"不妥当"？

生活就是

把薯片
泡在可乐里吃,
味道好极了!

这,就叫做"不妥当"的事!

生活就是
以前做不到的事情，
现在能做到了。

终于可以养小猫啦？

生活就是

好不容易
长大一点,
却又变成了
小弟弟或小妹妹。

生活就是

去餐厅吃饭，
终于可以
选儿童套餐以外的了！

可是，依然不知道该选什么好……

生活就是

看大人们看的电影。

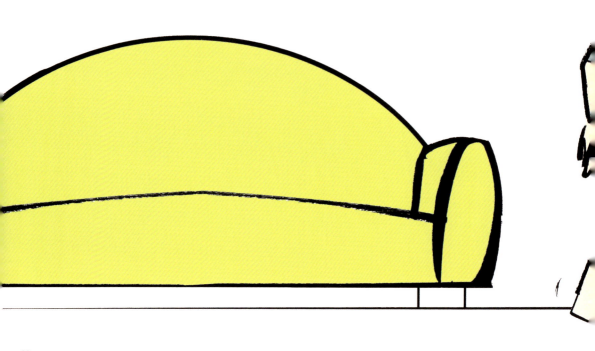

但，绝对不是《电锯惊魂》那一种……

生活就是

收获
新的经历。

比如，把哥哥的手机藏起来试试。

生活就是

一门学问，
所以要不断
展开实验、推导结论……

终身学习。

生活就是

赖床！

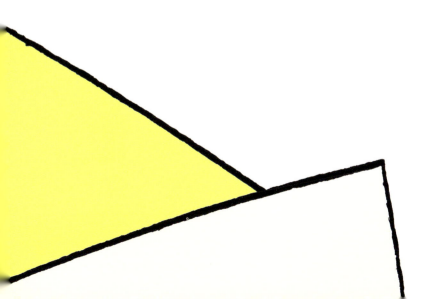

生活就是

结交一些朋友，
一些真正的朋友。

只可惜，朋友能换，
弟弟妹妹却不能换……

生活就是

在朋友的肩头哭泣。

拥有一点点忧伤，以及很多很多包纸巾，
这种感觉真的很不错……

生活就是

发现地上有一枚
一元硬币，
却因为害怕感染病毒
而不敢把它捡起来。

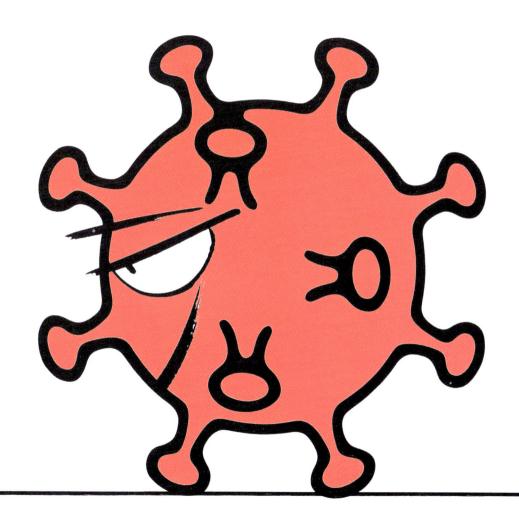

生活就是

终于摘掉了牙套！

向生活微笑。

生活就是

感受雨点落在脸上，

并爱上这种感受。

生活就是

开心地听一只
乌鸫唱歌。

当然，这么做更多的是
为了妈妈……

生活就是

蘑菇散发的气息，
会让你想起森林……

生活很美丽。

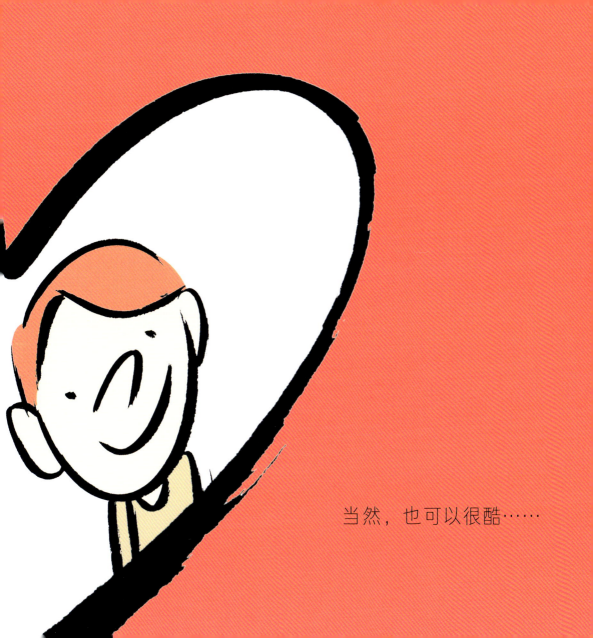

当然，也可以很酷……

生活就是

什么都不做，
只是看着天上的明月和繁星点点，
听着海浪轻轻拍打沙滩。

身边伴着朋友……

生活就是

一些鸡毛蒜皮的事情。

不知不觉间，

你就长大到懂得如何去爱一个人了。

生活就是

每天进步一点点：

今天总比昨天好，

明天更比今天强。

生活就是重视一点一滴的累积。

不积硅步，无以至千里；

不积小流，无以成江海。

生活就是

给自己再添
那么一点点甜滋味!

添加次数不限!

生活就是

拥有梦想！

并且相信梦想会实现！

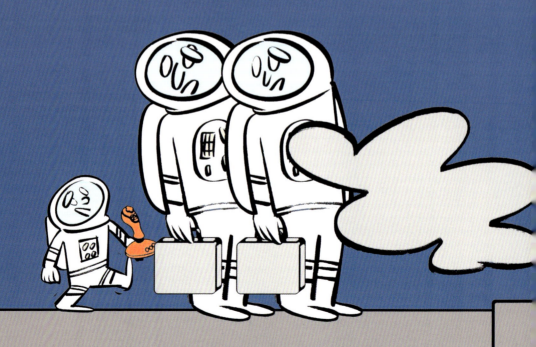

生活就是

与不公正作斗争！

例如，解放全天下的金鱼！

生活就是

拥有一只猫。

First published in France under the title: Alors, c'est quoi la vie ?
Laurence Salaün, Gilles Rapaport
© Editions du Seuil, 2021, 57, rue Gaston Tessier, 75019 Paris.
Simplified Chinese translation Copyright © KidsFun International Co., Ltd, 2023

版权登记号：03-2022-028

图书在版编目（ＣＩＰ）数据

什么是生活？ / (法) 劳伦斯·萨隆著；(法) 吉勒·
拉帕波尔绘；余轶译 . -- 石家庄：河北科学技术出版
社，2023.6
    ISBN 978-7-5717-1438-3

Ⅰ.①什… Ⅱ.①劳… ②吉… ③余… Ⅲ.①儿童故
事—图画故事—法国—现代 Ⅳ.① I565.85
    中国国家版本馆 CIP 数据核字 (2023) 第 010965 号

什么是生活？
SHENME SHISHENGHUO ?

[法]劳伦斯·萨隆 著　[法]吉勒·拉帕波尔 绘 余 轶 译

选题策划：小萌童书/瓜豆星球	经　销	全国新华书店
责任编辑：李　虎	开　本	787mm×1092mm 1/24
责任校对：徐艳硕	印　张	$5\frac{5}{6}$
美术编辑：张　帆 / 装帧设计：李慧妹	字　数	70千字
出　版：河北科学技术出版社	版　次	2023年6月第1版
地　址：石家庄市友谊北大街330号（邮编：050061）	印　次	2023年6月第1次印刷
印　刷：山东临沂新华印刷物流集团有限责任公司	定　价	60.00元